책곰이 안내문

하나. 책장 끝을 접어 보자.
끝까지 한 번에 읽지 않아도 돼.

둘. 소리 내서 읽어 보자. 틀려도 괜찮아.

셋. 모르는 단어가 나오면 무슨 뜻일지 상상해 보자.
책을 다 읽은 뒤에는 단어장을 확인해 볼까.

읽기 독립을 준비하는 어린이 독자에게

어릴 때는 부모님과 함께 그림책을 읽었지요? 요즘 책 읽기가 힘들다고 느끼나요? 조그만 종이에 그림은 적고 글자는 많은 책을 읽으려니 당연히 힘들 거예요.

너무 어렵거나 재미없는 책은 펼치지 않아도 돼요. 일단 재미있는 책을 찾아보세요. 책 한 권을 한 번에 다 읽지 않아도 돼요. 한 쪽씩, 몇 문장씩만 읽어도 괜찮아요. 재미있으면 다음번에는 한 쪽만 더 읽어 보세요. 그러다 보면 어느새 한 권을 다 읽게 될 거예요. 좋은 책에는 그런 마법 같은 힘이 있거든요. 그렇게 한 걸음씩 '힘센 독자'가 되는 거랍니다.

책을 읽다가 모르는 낱말이 나오면 어떻게 하나요? 부모님께 뜻을 묻는 친구도 있고, 어렵다고 책을 덮어 버리는 친구도 있겠지요. 이때 가장 좋은 방법은 '이 낱말은 무슨 뜻일까?' 하고 궁금해하는 거예요. 낱말 앞뒤에 놓인 이야기를 읽고, 그 뜻을 헤아려 보는 것이지요. 그렇게 계속 읽다 보면 내 생각이 맞는지 확인할 수 있어요.

그러고 나서 어른들에게 낱말 뜻을 물어보거나, 사전을 찾아보아도 좋아요. 앞으로 생활하면서 그 낱말을 꼭 다시 만나게 될 거예요. 책에서 처음 본 낱말을 여러 번 만나다 보면, 그 낱말은 내 낱말이 된답니다. 책을 꾸준히 읽으면 낱말 부자가 될 수 있어요.

책을 읽을 때 한 쪽씩은 소리 내어 읽어 보세요. 자꾸자꾸 소리 내어 읽다 보면 틀리지 않고 또박또박, 느낌까지 살려 읽을 수 있게 되지요. 그게 다가 아니에요. 읽는 힘이 세지면, 내용을 이해하기도 더 쉬워진답니다. 한 글자 한 글자 바르게 읽어 내는 데 힘을 많이 쏟지 않아도 되니까요.

책을 읽으면 생각하는 힘도 쑥쑥 자라요. 독서는 우리 뇌를 고루고루 튼튼하게 만드는 아주 좋은 운동이거든요. '왜 이런 일이 생겼을까?', '그래서 이렇게 되었구나!', '이런 뜻이 맞을까?', '다음에는 어떤 일이 벌어질까?'처럼 계속 생각하며 읽는 것이 좋아요. 일부러 노력하지 않아도 괜찮아요. 정말 재미난 책을 만나면 저절로 그렇게 될 거예요.

내 힘으로 책 한 권을 읽으면, 책을 읽기 전과는 다른 사람이 됩니다. 그 놀라운 여행을 시작해 보세요. 앞으로 여러분은 얼마나 더 멋진 사람이 될까요?

서울대학교 아동가족학과 교수 **최나야**

글 **김민정**

산책하면서 이런저런 상상에 빠져드는 것을 좋아해요. 지은 책으로 《수상한 전학생》, 《초능력 소년 깡두》, 《요술 고양이의 주문, 얌 야옹야옹 양》, 《한밤중 시골에서》, 《귀신 샴푸》, 《내 맘대로 친구 바꾸기 앱》, 《톡 터져라! 귓속말》, 《괴물딱지》, 《입 무거운 사슴이 고민 들어 드려요》 들이 있어요.

그림 **한호진**

대학에서 전기 공학을 공부했어요. 그림책 《청소부 토끼》, 《별별 달토끼》를 쓰고 그렸으며, 《단추 마녀의 수상한 식당》, 《단추 마녀와 쓰레기 괴물》, 《단추 마녀와 마녀 대회》 등 〈단추 마녀〉 시리즈, 〈양말 마녀 네네칫〉 시리즈를 비롯해 여러 어린이책에 그림을 그렸어요.

김민정 글 ★ 한호진 그림

누가 좀 도와줄래?

“즐거운 아침 율동 시간이에요.”

선생님이 말했어.

1학년 1반 아이들은 모두 선생님을 쳐다보았어.

"짝꿍이 필요한데. 누가 선생님 좀 도와줄래?"

선생님이 교실을 **휘휘** 둘러보았어.

"저요."

"저 할래요!"

여기저기서 아이들이 손을 들었어.

그때였어.

"저요오오오!"

다운이가 의자 위에 올라가서 손을 **번쩍** 들었지.

"다운이 앞으로 나와요."

선생님은 놀라서 얼른 말했어.

다운이가 다칠까 봐 걱정되었거든.

다운이는 씩씩하게 앞으로 나갔어.

아침에는 웃으며 안녕.

짝꿍이랑 웃으며 안녕.

친구끼리 **꼭** 안아 주어요.

오늘 하루도 정답게 지내자.

다운이와 선생님은 손발이 **척척** 맞았어.

다들 신나게 율동을 마쳤어.

“다운아, 도와주어서 고마워.”

선생님이 다정하게 말했어.

다운이 어깨가 **으쓱** 올라갔어.

입꼬리도 따라서 **씨익** 올라갔지.

‘이렇게 짜릿한 기분은 처음이야.’

고마워, 정다운

그때부터 다운이는 **두리번두리번** 주변을 살폈어.

'내가 도와줄 일이 없을까.' 하고 말이야.

때마침 짝꿍 진수가 허둥거리는 것이 보였어.

교실에 오면 겉옷을 옷걸이에 걸어야 하거든.

그런데 진수가 옷을 걸면 어깨가 자꾸 흘러내려.

이렇게…
…이렇게
오!

얍!얍!
우와!

"진수야, 내가 도와줄게.

먼저 옷을 책상 위에 반듯하게 펼쳐.

그런 다음에 옷걸이를 옷 안으로 넣어.

어깨를 **착착** 접고, 지퍼를 올리면 끝!"

더는 진수 옷이 흘러내리지 않아.

"고마워, 다운아."

진수가 엄지를 **척** 내밀었어.

"이 정도쯤이야."

다운이는 손을 **탁탁** 털었지.

2교시가 끝나면 간식으로 우유가 나와.

다운이 앞에 앉은 어정이는

우유갑 열기가 어려운가 봐.

"이리 줘. 내가 해 줄게."

다운이는 어정이 우유갑을 한 번에 열었어.

1학년치고 손힘이 꽤 세거든.

콜라 캔도 혼자 딸 수 있지.

"고마워, 다운아."

어정이가 환하게 웃었어.

다운이도 덩달아 **활짝** 웃었어.

도와주기 대장이라니

어느 날 선생님이 말했어.

“오늘은 칭찬하기 시간을 가질 거예요.

칭찬할 친구 이름이랑 칭찬할 내용을 이야기해요.”

다들 신나서 발을 구르거나 소리를 질렀어.

당연하잖아. 칭찬을 싫어하는 아이는 없으니까.

가장 먼저 진수가 손을 들었어.

“선생님, 저는 정다운을 칭찬하고 싶어요.

다운이는 제가 옷 거는 것을 도와주었어요.”

요!!
하하

"선생님도 몇 번 보았어요.

우리 다운이에게 박수쳐 줄까요?"

짝짝짝짝. 박수 소리가 신나게 울렸지.

다운이는 **활짝** 웃었어. **덩실덩실** 어깨춤도 추었지.

친구들이 **까르르** 웃었어.

우아!
대장
대장
대장

어정이도 슬그머니 손을 들었어.

"저도 다운이요. 제가 우유갑을 열 때마다요, 다운이가 와서 도와주거든요."

개구쟁이 승구가 분위기를 띄웠어.

"선생님, 다운이는 도와주기 대장 같아요."

"맞아요. 선생님도 그렇게 생각해요."

선생님이 맞장구를 쳤지.

'내가 도와주기 대장이라니.'

다운이 가슴이 **두근두근** 뛰었어.

도움 안 되는 도와주기 대장

다운이가 가장 좋아하는 미술 시간이야.

짝꿍 진수도 미술 시간을 가장 좋아해.

둘은 **흥얼흥얼** 콧노래를 불렀어.

선생님이 집게손가락을 입에 대었어.

“쉬, 조용히 해요.”

다운이와 진수는 입을 다물었어.

마주 보면서 웃음이 나오려는 것을 **꾹** 참았지.

“오늘은 이름패를 만들 거예요.”

선생님은 공책만 한 종이를 한 장씩 나누어 주었어.

쉿!

"자, 긴 쪽을 반으로 접었다가 펼쳐요.

그리고 가운데 선까지 반씩 접어요."

선생님이 천천히 종이를 접었어.

"양쪽이 만나도록 다시 반으로 접고

종이 위에 이름을 적어 볼까요?"

어떤 아이는 **반듯반듯**, 어떤 아이는 **삐뚤빼뚤**,

다들 신나서 이름을 적었지.

선생님이 접힌 자국을 따라 종이를 세웠어.

그러자 삼각형 지붕 모양이 되었어.

다운이는 재빨리 종이를 접어 **번쩍** 들어 보였지.

선생님이 교실을 한 바퀴 도는 동안,

모두가 지붕 모양 이름패를 흔들었어.

한 아이만 빼고.

진수는 종이를 이리 접었다가 저리 접었다가 했어.

'이런, 도와주기 대장이 나서야겠네.'

아니라고!

다운이가 진수 종이를 **휙** 낚아챘지.

"이렇게 세우면 된다고."

다운이는 눈 깜짝할 사이에 종이를 접었어.

그러더니 진수 책상에 **탁** 내려놓았지.

어, 그런데 진수가 다운이를 노려보잖아.

방금까지 웃던 얼굴은 온데간데없어.

"이렇게 하려던 게 아니라고!"

진수는 **버럭** 소리까지 질렀어.

"진수야, 무슨 일이야?"

선생님이 깜짝 놀라서 다가왔어.

"다운이가 제 종이를 마음대로 접었어요."

진수가 글쎄 이렇게 말하지 뭐야.

다운이는 기가 막혔어.

도와주려고 했는데, 왜 화를 내?

"나는 다르게 접고 싶었는데."

진수가 **투덜투덜** 말했어.

"그랬구나. 진수는 다르게 접고 싶었구나."

선생님이 진수 어깨를 **토닥토닥** 두드렸어.

다운이는 저도 모르게 입을 **삐쭉** 내밀었어.

며칠 뒤에 짝꿍이 바뀌었어.

다운이 짝꿍은 이제 어정이야.

“어정아, 우유갑 열어 줄게. 이리 줘.”

다운이가 손을 **까딱까딱** 움직였어.

그런데 어정이가 손을 **휘휘** 내젓는 거야.

"아니야, 이제 내가 할 수 있어."

어정이는 **느릿느릿** 우유갑을 열기 시작했어.

‘저렇게 해서는 오늘 안에 못 열겠어.’

답답해진 다운이가 어정이 우유를 낚아챘어.

곧바로 우유갑을 열어서 내밀었지.

다운이는 1학년 1반 도와주기 대장이니까.

“자, 여기.”

그런데 어정이 표정이 이상해.

웃지도 않고, 뾰로통해 보여.

‘이제는 고맙다는 말도 하지 않네?’

다운이는 살짝 기분이 나빴어.

다시 수업이 시작되었어.

갑자기 어정이가 몸을 **배배** 꼬았어.

“왜 그래? 어디가 간지러워?”

다운이가 물었어.

어정이가 다운이에게 **소곤소곤** 귓속말했어.

“오줌이 조금 마려워.”

“참지 말고 선생님에게 말해.”

다운이 말에 어정이는 얼른 도리질했어.

'할 수 없지. 도와주기 대장이 나서야지.'

다운이는 손을 **번쩍** 들었어.

"선생님, 어정이 오줌 마렵대요."

큰 소리로 말했지.

아이들이 모두 어정이를 쳐다보았어.

어정이 얼굴이 새빨개졌어.

울먹울먹하더니 책상에 **홱** 엎드렸어.

“어정이 어디 아파요?”

선생님이 다가와서 물었어.

어정이는 엎드려서 **살래살래** 고개만 저었지.

“잠깐 선생님이랑 나갔다 올까?”

선생님은 어정이를 일으켜서 밖으로 나갔어.

조금 뒤에 어정이가 자리로 돌아왔어.

“어정아, 어디 아팠어?”

어정이는 다운이 말을 못 들은 체했어.

쉬는 시간 종이 울렸어.

선생님이 조용히 다운이를 불렀어.

“다운아, 아까는 어정이가 창피했나 봐.

다운이가 어정이한테 물어보지도 않고

갑자기 큰 소리로 그런 이야기를 하니까.

앞으로 친구를 도와주고 싶으면

먼저 물어보고 도와주자. 그럴 수 있지?”

다운이는 속상했어. 대답이 나오지 않았지.

친구를 도와주는 것은 좋은 일이잖아.

그런데 왜 잔소리를 들어야 하는지 모르겠어.

도와 달라고 한 적 없어

다음 날이었어.

선생님이 칠판에 숫자를 가득 적었어.

38, 76, 51…….

"자, 개수를 나타내는 수로 읽어 볼 거예요."

아이들은 모둠별로 나와서 줄을 섰어.

차례대로 선생님이 가리키는 숫자를 읽어야 해.

…
아…
서른
일흔

"서른여덟."

맨 앞에 선 아이가 **쩌렁쩌렁** 큰 소리로 말했어.

"잘했어요."

선생님이 말하자, 아이는 맨 뒤로 뛰어갔어.

두 번째 아이가 맨 앞에 섰어.

"일흔여섯."

두 번째 아이는 **가만가만** 작은 소리로 말했어.

“잘했어요.”

그 아이도 통과했어.

이제 다운이 차례야.

입을 여는데, 목이 조금 답답했어.

“큼큼.”

다운이가 목소리를 가다듬었어.

그때, 뒤에서 누가 잽싸게 외치지 뭐야.

“쉰하나잖아.”

돌아보니까 개구쟁이 승구가 **실실** 웃고 있었어.

“내가 도와주기 대장 도와주었다.”

‘누가 도와 달라고 했나?’

다운이가 따지려고 했지.

그때 승구가 앞으로 나왔어.

“내 차례야.”

다운이는 아무 말도 못 하고 뒤로 물러섰어.

창피했어. 친구들이 숫자도 못 읽는다고 생각할 거야.

다운이는 승구를 노려보았어.

하지만 승구는 숫자를 읽느라고 바빴지.

다운이 차례가 다시 돌아왔어.

다운이는 두 눈에 힘을 주고 칠판을 보았어.

선생님이 숫자를 가리켰어.

"이십여섯."

다운이가 **또박또박** 말했어.

"다시 읽어 볼까?"

선생님이 다시 숫자를 가리켰지.

'앗, 이십이 아니라 스물인데.'

아...?
어...?
앗! 스물!

다운이가 다시 읽으려고 입을 열었을 때야.

"에이, 스물여섯이잖아."

이번에도 누가 다운이보다 먼저 외쳤어.

보나 마나 승구였지.

"내가 도와주기 대장 두 번이나 도와주었다!"

승구가 또 **실실** 웃었어.

헤헷!
야호!
뿡!

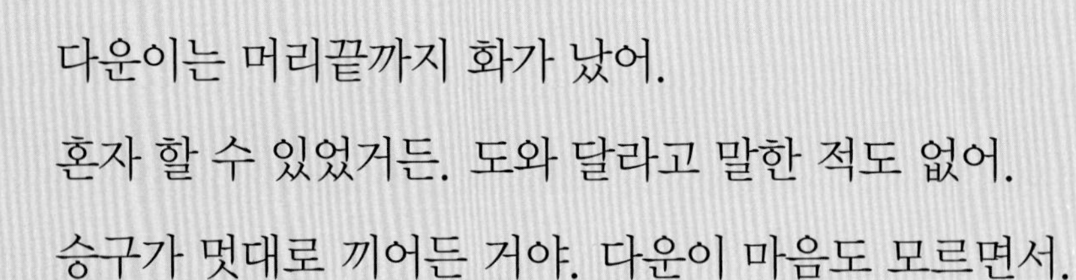

다운이는 머리끝까지 화가 났어.

혼자 할 수 있었거든. 도와 달라고 말한 적도 없어.

승구가 멋대로 끼어든 거야. 다운이 마음도 모르면서.

이제 모두 다운이를 바보라고 생각할 거야.

숫자도 못 읽는 바보.

다운이가 승구를 노려보았어.

그러더니 **고래고래** 소리쳤지.

“왜 그래, 다운아.”

선생님이 다운이를 말렸어.

승구는 억울하다는 표정을 지었어.

“얘가 모르는 것 같아서 도와준 것뿐이에요.”

"다운아, 승구가 도와주고 싶어서 그랬대.

다운이가 모르는 줄 알았나 보다."

다운이는 **울컥** 눈물이 솟았어.

"도와 달라는 말도 안 했는데, 흑.

왜 멋대로 도와주냐고요! 흑."

친구들이 모두 다운이를 쳐다보았어.

다운이는 주위를 두리번거렸지.

진수와 눈이 마주쳤어.

어정이와도 눈이 마주쳤고.

순간, 머릿속이 번쩍했어.

미술 시간에 화내던 진수 얼굴이 떠올랐거든.

우유갑을 열어 줄 때 어정이 표정도.

다운이 머릿속은 **뒤죽박죽** 복잡해졌어.

친구들이 왜 그랬는지 알 것 같았지.

내가 도와줄까?

쉬는 시간에 다운이는 이쪽저쪽을 살폈어.

누가 바닥에 연필을 떨어뜨렸나 봐.

머리핀이 머리끝에 **아슬아슬** 매달린 친구도 있어.

다운이는 달려가서 연필을 주워 주고 싶었어.

머리핀도 다시 예쁘게 꽂아 주고 싶었지.

땡그랑
대롱대롱
스르르륵
퍽!

끄덕

...
...
...

하지만 친구들이 싫어할지도 몰라.

들썩들썩 움직이는 엉덩이를 자리에 **꾹** 붙였어.

그때 선생님과 눈이 마주쳤어.

얼마 전에 선생님이 한 말이 귓가에 **윙** 울렸어.

"친구를 도와주고 싶으면, 먼저 물어보고 도와주자."

'그래, 그거야!'

다음 날 아침, 진수가 낑낑거리고 있어.

옷이 또 흘러내리나 봐.

다운이가 **조심조심** 진수에게 다가갔어.

이번에는 도와주기 전에 먼저 물어보았지.

"내가 도와줄까?"

진수가 고개를 저었어. 그리고 웃으면서 말했지.

"딱 한 번만 더 가르쳐 줄래? 나 혼자 해 볼게."

다운이도 **빙그레** 웃었어.

그러고는 옷을 거는 방법을 **차근차근** 설명해 주었지.

진수야…

투두둑! 무언가 떨어지는 소리가 났어.

승구가 책꽂이에서 책을 떨어뜨렸나 봐.

'이런, 도와주기 대장이 또 나서야겠네!'

다운이는 재빨리 달려갔지.

"내가 도와줄까?"

책곰이랑 배워 볼까?

도와주기 대장 다운이의 이야기는 어땠어?

열심히 친구들을 도와주었는데,

칭찬 대신 잔소리를 들어서

다운이가 아주 속상했겠다, 그렇지?

그래도 다운이가 친구들의 마음을 배려하는

멋진 도와주기 대장이 되어서 다행이야.

그러면 책을 읽으면서 어려웠던 단어들을 알아보자.

1) 다운이와 선생님은 **손발이 척척 맞았어.**

아침 율동 시간, 늘 씩씩한 다운이가 선생님을 도우려고 앞으로 나섰지. '손발이 척척 맞다'는 함께 무언가를 할 때 마음이나 행동이 서로 잘 맞는다는 말이야. 다운이가 선생님을 도와서 율동을 멋지게 해냈나 봐.

2) '이렇게 **짜릿한** 기분은 처음이야.'

놀이기구를 탄 것처럼 기분이 좋고 떨리는 것을 '짜릿하다'라고 말해. 선생님이 다운이에게 율동을 도와주어서 고맙다고 말했잖아. 다운이가 선생님 말을 듣고 기분이 얼마나 짜릿했을지 상상되지?

3) 때마침 짝꿍 진수가 **허둥거리는** 것이 보였어.

다운이는 친구들을 도와주려고 열심히 주변을 살폈어. 그러다가 허둥거리는 진수를 보았지. 진수는 겉옷을 옷걸이에 거는 것이 어려웠나 봐. '허둥거리다'는 어떻게 해야 할지 몰라서 급하게 서두르는 것을 말하거든. 다운이는 진수에게 옷걸이에 옷 거는 방법을 알려 주었어. 다운이는 정말 못 하는 게 없나 봐.

4) 개구쟁이 승구가 **분위기를 띄웠어.**

칭찬하기 시간에 진수도, 어정이도 다운이를 칭찬했어. 승구는 다운이가 도와주기 대장 같다고 말했지. 어떤 자리를 즐겁고 편안하게 만드는 것을 '분위기를 띄운다'라고 해. 칭찬만 들어도 기분이 좋은데, 승구가 별명까지 붙여 주며 분위기를 띄운 거야! 다운이가 엄청 뿌듯했겠다, 그렇지?

5) 방금까지 웃던 얼굴은 **온데간데없어.**

미술 시간이야. 반 친구들이 모두 이름패를 만들었는데, 진수만 아직 못 만들었네. 다운이는 진수 종이를 휙 낚아채서 대신 접어 주었어. 그런데 조금 전까지 신나게 웃던 진수가 갑자기 다운이를 노려보잖아. '온데간데없다'는 처음부터 없던 것처럼 아무리 찾아도 없다는 말이야. 진수의 웃음은 어디로 사라졌을까?

6) 다운이는 **기가 막혔어.**

진수는 선생님에게 다운이가 잘못했다고 이르기까지 했어. 생각도 못 했던 일 때문에 말이 나오지 않을 때 '기가 막히다'라고 해. 다운이는 진수를 도와주었는데, 진수가 갑자기 다운이를 탓하니까 기가 막힌 거지. 진수는 왜 그랬을까? 친구들은 진수의 마음을 알겠니?

7) 다운이 말에 어정이는 얼른 **도리질했어.**

'도리질하다'는 머리를 왼쪽, 오른쪽으로 흔들어서 싫다고 표현하는 거야. 다운이가 보기에 어정이는 오줌 마렵다고 말하기가 힘든 것 같았어. 그래서 어정이 대신 손을 들고 말해 주었지. 어정이가 울먹거릴 줄은 꿈에도 모르고 말이야. 다운이가 실수한 걸까?

8) 다운이는 주위를 **두리번거렸지.**

다운이는 개구쟁이 승구에게 화를 냈어. 도와 달라는 말도 안 했는데, 승구가 멋대로 도와주었거든. 다운이가 화내니까 친구들이 놀랐나 봐. 모두 다운이를 쳐다보지 뭐야. '두리번거리다'는 눈을 크게 뜨고 여기저기를 본다는 말이야. 다운이는 주위를 두리번거리다가 진수, 어정이와 눈이 마주쳤지.

9) 다운이 머릿속은 **뒤죽박죽** 복잡해졌어.

‘뒤죽박죽’은 여러 가지가 뒤섞여서 엉망이 된 모습이야. 다운이 머릿속에는 생각이 여러 가지야. 도와주니까 노려보던 진수 얼굴도, 찡그리던 어정이 얼굴도 떠올랐거든. 진수와 어정이도 다운이가 멋대로 도와주니까 싫어했잖아. 지금 다운이가 승구한테 화내는 것처럼 말이야. 다운이가 드디어 진수와 어정이 마음을 알았을까?

10) ‘이런, 도와주기 대장이 또 **나서야겠네!**’

그렇다고 도와주기를 포기할 수는 없지. 다운이는 선생님 말대로 “내가 도와줄까?” 하고 물어본 다음 친구를 도와주러 달려가. 어떤 일을 먼저 열심히 하려는 것을 ‘나서다’라고 말해. 친구들 일이라면 누구보다도 먼저 나서서 도와주는 다운이는 역시 도와주기 대장이야! 그런데 말이야, 어떤 일을 가로채서 맡거나 멋대로 이래라저래라 하는 것도 ‘나서다’라고 한단다.

친구들은 스스로 하고 싶었는데
누가 멋대로 도와주어서 싫었던 적 있어?
멋대로 도와주는 것이 꼭 착한 행동은 아닌가 봐.
앞으로 다른 친구를 도와주고 싶을 때는
“내가 도와줄까?” 하고 먼저 물어보자.
도와주기 대장 다운이처럼 말이야.

자녀의 읽기 독립을 돕는 부모님께

어떤 마음으로 자녀의 읽기 독립을 기다리시나요?

우리가 삶의 단계마다 새로운 경험치를 쌓듯이, 독자가 자라면 독서 경험도 달라져야 합니다. 그림책을 보다가 글이 많은 책을 만나게 되는 초등 저학년 시기는 순조로운 전환이 필요한 첫 단계입니다. 그게 어려워 독서 동기가 떨어지고 책을 멀리하게 되는 어린이가 꽤 많아요.

이 시기에는 아이에게 재미있는 이야기책을 선물해 주세요. 책의 내용도 흥미로워야 하지만, 낱말과 문장이 섬세하게 설계된 책이어야 합니다. 큰 힘을 들이지 않고도 술술 읽히는 책을 한 권씩 읽어 내면서 아동의 '읽기 효능감'이 점점 자라납니다.

문해력 발달의 빈익빈 부익부 현상을 마태 효과(Mattew Effect)라고 해요. 초등 저학년 때 잘 읽는 아이가 고학년, 청소년, 성인이 되어서도 문해력이 좋습니다. 어릴 때 읽기에 자신감이 있으면, 같은 시간 동안 더 많은 책을 더 즐겁게 읽게 되고 그 결과, 읽기 능력이 더 좋아지거든요.

그런데 자녀가 혼자서 책을 읽을 수 있게 되었다고 해서 "읽기 독립 만세!"를 외치고 말 일이 아닙니다. 아이가 무슨 책을 어떻게 읽고 있는지 관심을 가지고 계속 지켜봐 주세요. 부모님도 가끔은 어린이책을 함께 읽으며 내용에 관해 이야기 나눠 주시는 게 최선의 지도입니다.

특히 초등 저학년 시기에는 아이가 소리 내어 책 읽는 연습을 꾸준히 하도록 도와주시고, 이따금 부모님이 책을 읽어 주는 것도 추천합니다. 어른이 느낌을 살려 유창하게 읽는 것을 들으며 아동의 '읽기 유창성'이 더 발달하기 때문이에요. 읽기 유창성이 좋은 아이가 독해도 잘하게 됩니다.

어릴 때부터 아이에게 독해 문제집을 풀라고 강요하지 마시고, 아이 스스로 책 한 권을 다 읽어 내는 능력과 참을성을 기르도록 도와주세요. 조각난 지문만 읽으며 문제 풀이 요령부터 익히는 것이 아니라, 독서의 재미를 깨닫고 책 한 권을 전체적으로 이해할 수 있어야 진짜 문해력이 쌓입니다. 그런 문해력이 평생 공부의 밑거름이 됩니다.

서울대학교 아동가족학과 교수 **최나야**

6'78 읽기 독립 010

초판 1쇄 발행 2024년 11월 20일 | **초판 2쇄 발행** 2025년 1월 17일
ISBN 979-11-5836-508-0, 979-11-5836-404-5(세트)

펴낸이 임선희 • **펴낸곳** ㈜책읽는곰 • **출판등록** 제2017-000301호
주소 서울시 마포구 성지길 48 • **전화** 02-332-2672~3 • **팩스** 02-338-2672 • **홈페이지** www.bearbooks.co.kr
전자우편 bear@bearbooks.co.kr • **SNS** Instagram@bearbooks_publishers

책임 편집 윤주영 • **책임 디자인** 이설
편집 우지영, 우진영, 이다정, 최아라, 박혜진, 김다예, 도아라, 홍은채 • **디자인** 김지은, 김은지, 윤금비
마케팅 정승호, 배현석, 김선아, 이서윤, 백경희 • **경영관리** 고성림, 이민종 • **저작권** 민유리
협력 업체 이피에스, 두성피앤엘, 월드페이퍼, 원방드라이보드, 해인문화사, 으뜸래핑, 문화유통북스